30 cuentos para ir a dormir

LIBROS DISNEY

Índice

Disney · PIXAR

COCO

¡Dante y Pepita al rescate!

En la pequeña ciudad mexicana de Santa Cecilia,
la familia Rivera se preparaba para celebrar la fiesta
más importante del año: el Día de Muertos.
Para la ocasión, montaron un altar, llamado ofrenda,
con fotos, buena comida, recuerdos...
Todo lo que les gustaba a sus antepasados cuando vivían.
La familia extendió una alfombra de pétalos de flores
para guiar a los espíritus de sus seres queridos a casa.

Miguel fue a ver a su abuela, que estaba ocupada en la cocina preparando las comidas favoritas de la familia: pozole, pan de muerto, mole rojo y muchos otros platos deliciosos.

—Huele de maravilla —dijo Miguel—. ¿Necesitas ayuda, abuelita?

—No, no te preocupes, pequeño. Venga, come lo que más te guste.

—¿Qué estás preparando para Papá Héctor?

—¡Ay! ¡Dios mío! ¡Me había olvidado por completo! No tengo ni idea.

—¡No te preocupes, yo me encargo! Ahora vuelvo —le dijo Miguel.

Miguel fue a buscar a Dante y a Pepita a la Plaza de los Mariachis. Él era el único que sabía que bajo el aspecto de simples mascotas de sus dos amigos se escondían unos guías espirituales capaces de viajar entre el mundo de los vivos y el de los antepasados.

—Necesito vuestra ayuda —les dijo—. ¿Puedo contar con vosotros?

Dante ladró y Pepita emitió un ronroneo.

—¡Gracias, chicos! Llevad esto a Papá Héctor —dijo, entregándoles un trozo de papel.

Los dos espíritus volaron a la Tierra de los Muertos. Una vez allí, aterrizaron en la plaza central, que estaba repleta de gente. No obstante, Mamá Imelda los descubrió enseguida.

—¡Mirad! Son Dante y Pepita —exclamó.

Mamá Coco recogió la nota y se la entregó a Héctor, que se emocionó al ver que Miguel se acordaba de su primer Día de Muertos. Héctor escribió el nombre de su plato favorito y le devolvió el papel a Dante.

De regreso a Santa Cecilia, Dante y Pepita volvieron a adoptar su apariencia de perro y gato y corrieron en busca de Miguel.

—Gracias a los dos. ¡Me habéis ayudado muchísimo! —exclamó el muchacho.

Les dio un abrazo y fue a reunirse con su abuela. Como no podía revelarle la verdadera identidad de Dante y de Pepita, le dijo que había encontrado una nota en el diario de Mamá Coco que decía que a Héctor le encantaban... ¡los *chapulines*, es decir, los grillos fritos!

La abuelita sonrió y rápidamente se puso manos a la obra.

Esa noche, Papá Héctor, Mamá Imelda, Mamá Coco
y los demás antepasados llegaron a la Tierra de los Vivos,
cruzaron el cementerio y siguieron el camino de pétalos de
flores que les había preparado su familia. Con gran emoción,
descubrieron el magnífico altar que sus parientes
habían preparado con tanto amor.
Mientras la fiesta se encontraba en pleno apogeo, Miguel preparó
un plato para Dante y Pepita: ¡se habían ganado una buena comida!

Disney · PIXAR

UP

Luces en la oscuridad

Carl Fredricksen y Russell se dirigían al Parque Forestal. El chico deseaba ganar la insignia al mejor botánico y, para ello, debía completar con éxito una misión: encontrar e identificar diez variedades de flores silvestres. Russell aprovechó un alto en el camino para fotografiar a una de ellas.

—¡Ahora solo me faltan nueve! —exclamó, orgulloso de sí mismo.

—En ese caso, será mejor que retomemos la marcha —respondió Carl.

En el coche, Russell hojeó su guía de botánica.

—¡Vaya! Aquí está todo —exclamó—. Los girasoles, la asclepia tuberosa, la glicina violeta...

—¿Menciona también el azafrán fantasma? —le preguntó Carl con una sonrisa traviesa.

—¿El qué? —respondió Russell sorprendido.

—Un azafrán fantasma —repitió Carl—. Una flor legendaria que solo se abre por la noche. Los más valientes llevan siglos buscándola. Muchos no creen que exista, pero Ellie me juró que la vio una vez.

—No la encuentro en la guía —respondió el chico.

—Ya, es lo que te decía, que la mayoría de la gente no cree que exista.

Al final del día, nuestros amigos habían encontrado las diez variedades de flores. Después de montar la tienda de campaña, no sin dificultades, los tres exploradores pasaron una agradable velada junto al fuego.

—Vamos, es hora de irse a la cama —dijo Carl de repente.

Pero Russell no conseguía dormirse. Soñaba con el azafrán fantasma...

—Vamos, Dug —le dijo en voz baja al perro—. Salgamos a explorar.

—Me encanta explorar —dijo Dug.

A lo lejos, en el bosque, Russell vislumbró un resplandor que parecía venir del fondo de una cueva. El joven se acercó para comprobarlo, pero no vio la pendiente que tenía enfrente y cayó en el agujero.

—¡Oh, no! ¿Estás bien? —le preguntó Dug.

Al no obtener respuesta de su amo, se dio la vuelta y se dirigió al campamento. Despertó a Carl a lametazos y le advirtió de la terrible caída del chico. Enseguida, los dos corrieron a rescatarlo.

Carl comprendió por qué Russell se había marchado en plena noche. Al verlo en el fondo de la cueva, ató una cuerda al tronco de un árbol y bajó a buscarlo.

—Lo siento mucho —se disculpó Carl al reunirse con el chico—. No debería haberte contado esa historia del azafrán fantasma. La verdad es que yo nunca me la he creído. Ellie siempre tuvo una gran imaginación.

—Bueno, verás, he encontrado algo —dijo Russell con orgullo y cierto aire de misterio.

Carl miró en la dirección que señalaba Russell y...

—¡Vaya! —exclamó fascinado—. ¡Azafranes fantasma! No se lo podía creer.

A la mañana siguiente, Russell, Car y Dug levantaron el campamento y regresaron a casa.

—¡Los demás van a flipar cuando vean las once variedades de flores que he encontrado! —exclamó Russell desde el asiento de atrás.

—Gracias, Ellie... —murmuró Carl con una sonrisa.

Disney · PIXAR

TOY STORY

¡Buzz pierde el control!

Una mañana, Bonnie fue al parque con Jessie, Woody y Dolly.

—¡Nos lo vamos a pasar tan bien! —dijo alegremente mientras cogía su mochila.

—¡Vamos! Date prisa, Bonnie —la llamó su madre.

—Buzz, te hago responsable —le dijo la niña—. Te encargarás de mantener la situación bajo control, ¿de acuerdo?

Pero Jessie estaba preocupada. Antes de irse, pidió a sus amigos que cuidasen de Buzz. Temía que uno de sus cables eléctricos se hubiese aflojado y que pudiese actuar de forma extraña durante su ausencia.

Una vez que Bonnie salió, Buzz se levantó.

Miró a su alrededor y empezó a hablar en francés.

—¡Genial! —refunfuñó el Señor Patata—.

El Señor Chiflado del Espacio ha vuelto.

—¡Así es! —asintió Jam—. Ha entrado en modo francés.

—Ha entrado en modo francés —repitió Buzz.

—¡Oh, no! Esto va de mal en peor —añadió Rex.

Poni trotó hacia Buzz.

—Poni, eres el unicornio más guay del universo —dijo ella en voz alta.

—Poni, eres el unicornio más guay del universo —repitió Buzz.

Todos se echaron a reír. Pero las cosas pronto empeoraron, y nada de lo que decía Buzz tenía sentido.

—Tenemos que arreglarlo antes de que vuelva Bonnie —sugirió Trixie con preocupación.

Trixie le asestó un golpecito con el cuerno a Buzz para que se sentara y echó un vistazo a los circuitos del guardián espacial. En aquel mismo instante, se oyó un portazo. ¡Bonnie había vuelto! Su madre pasó por delante del dormitorio, cuya puerta estaba entreabierta, y metió el brazo por la abertura para dejar la mochila de la niña. Jessie y Woody saltaron del bolsillo delantero de la bolsa.

—Buzz, ¿qué ha pasado? —preguntó Jessie.

—Está en modo loro francés —respondió Trixie.

Jessie sacudió la cabeza y se rio: ¡tenía la solución!
Le dio una palmadita en la espalda a su amigo.
Entonces, Buzz parpadeó y miró a los demás.
—¿Qué? ¿Qué ocurre? ¿Pasa algo? —preguntó sorprendido.
La pandilla respiró aliviada. Buzz había vuelto en sí.
—Vamos, vamos —dijo Woody—. Volved a vuestros asientos antes de que llegue Bonnie.

Unos minutos después, Bonnie entraba en su habitación. Todo parecía en orden. Los juguetes estaban exactamente donde los había dejado. Bonnie agarró a Buzz.

—Gracias por cuidar de todos, Buzz —le dijo la niña—. Sabía que podía contar contigo.

Disney · PIXAR

LOS INCREÍBLES 2

Canguro por un día

Bob Parr necesitaba una niñera para Jack-Jack. Le pidió a su amiga, la estilista Edna Moda, si podría ocuparse de él. Un poco a regañadientes, ella finalmente accedió.

Los bebés no eran lo suyo.

Pero Jack-Jack no era un bebé como los demás. En cuanto su padre salió de la habitación, empezó a flotar en el aire, para deleite de Edna.

—¡Fabuloso! —exclamó—. ¿Qué más puedes hacer?

Edna sabía que cada uno de los Increíbles era único, pero había algo realmente especial en Jack-Jack.

—Muy bien, pequeño. Estoy lista, muéstrame todos tus talentos —le dijo.

Edna quería observarlo para hacerle el traje más apropiado. «¿Dónde está mi cuaderno de bocetos?», se preguntó. No tenía tiempo de buscarlo, ¡Jack-Jack había desaparecido después de atravesar el sofá!

La mujer se puso a perseguirlo. Tras unos minutos de búsqueda, finalmente lo encontró en su laboratorio... ¡convertido en una versión en miniatura de sí misma! Jack-Jack había toqueteado el sistema de seguridad en la sala de pruebas de Edna y había activado la alarma. En un abrir y cerrar de ojos, el travieso bebé se había transformado en una mini-Edna con el fin de desactivar el sistema y apagar la alarma. ¡Edna estaba asombrada! ¡Nunca había visto nada tan extraordinario!

Se acercaba la hora de cenar. Edna llevó a Jack-Jack
a la cocina y empezó a prepararle el biberón.
Pero nada más darse la vuelta, vio que se había multiplicado.
Uno, dos, tres, cuatro... ¡cinco Jack-Jacks jugaban en la cocina!
Pero ¿cómo iba a alimentar a cinco bebés con un solo biberón?

Edna agarró a uno de los bebés y lo sentó en la trona. ¡Y funcionó! Los cinco Jack-Jacks se habían convertido en uno solo. El pequeñín se rio a carcajadas cuando vio que el biberón se estaba calentando al baño maría en la cazuela. ¡Uf! Edna se sintió aliviada.

Le dio el biberón y finalmente encontró su cuaderno de bocetos. Pero apenas pudo trabajar, ya que Jack-Jack destruyó todos los lápices con su mirada láser.

—Telequinesis... teletransporte... visión láser... transformación de su apariencia física. ¡Ya es lo que me faltaba! —exclamó Edna.

Y se puso a diseñar un nuevo traje para Jack-Jack.

Más tarde, Edna le contó a Jack-Jack una historia:
¡las aventuras de los Increíbles y su hijo pequeño,
que salvaba al mundo con sus poderes!
Con el estómago lleno y la cabeza repleta de sueños,
Jack-Jack se quedó dormido.

—Buenas noches, *darling*.

Disney · PIXAR

COCO

La receta secreta

—Niños, para el Día de Muertos, vamos a preparar los famosos tamales de Mamá Imelda. Y este año os enseñaré cómo hacerlos —dijo la Abuelita a sus nietos mientras paseaban por el mercado de Santa Cecilia.

—¿Está escrita en algún sitio la receta secreta? —preguntó Miguel.

—No, pero me la sé de memoria —respondió la Abuelita—. Abel, ven a casa conmigo, te necesito para hacer la masa. Tenemos que remojar las hojas de maíz. Los demás, id a buscar la carne.

En el mundo de los antepasados, Mamá Imelda estaba muy contenta.

—¡Me encanta esta época del año! Nos reencontraremos con nuestra familia en la Tierra de los Vivos —les dijo a su marido, Héctor, y a sus hermanos, Óscar y Felipe.

—¡Y vamos a comer tamales! —añadió este último.

—Pero no son tan ricos como los que tú solías hacer, Imelda. ¿Crees que alguien ha podido encontrar tu receta? —preguntó Tío Óscar.

—Lo dudo. Solo sé que la dejé escrita en alguna parte. Ah, hija mía —murmuró Imelda—, debes encontrar la receta.

Héctor quería que este Día de Muertos fuese muy especial.
Tuvo una idea y se marchó para reunirse con Mamá Coco.

—¿Sabes dónde puede estar la receta secreta de los tamales, en la Tierra de los Vivos? —le preguntó.

—Sí, como no quería que se me olvidase, la metí en el marco del retrato de Felipe, porque le encantan. Cada año, cuando llega el Día de Muertos, lo dejan sobre la ofrenda.

Héctor se dirigió entonces a los dos guías espirituales de la familia:

—Dante, Pepita, os necesito. Debéis hallar la manera de mostrarle la receta a la Abuelita. ¡Cuento con vosotros!

Bajo su apariencia de perro y gato, Dante y Pepita entraron en la Tierra de los Vivos, saltaron sobre la ofrenda y tiraron al suelo los marcos de los tíos gemelos, Óscar y Felipe.

Al oír el ruido, Miguel acudió al lugar.

—¡¿Qué está pasando aquí?! —gritó.

Pepita puso la pata sobre el marco del que sobresalía un trozo de papel amarillento. ¡Era la receta secreta! El niño se la dio a la Abuelita.

En la cocina, la familia se reunió para preparar los famosos tamales. La Abuelita entró con el trozo de papel.

—¡Este año, vamos a seguir la verdadera receta de Mamá Imelda! ¡Ya me contaréis!

Todos estaban impacientes, deseando probar el plato familiar.

A la mañana siguiente comenzaba el gran día.

Los antepasados y los vivos se reunieron en el cementerio.

—¡Estos tamales son absolutamente divinos, Abuelita!

¡Los mejores que he probado nunca! —dijo Tía Carmen.

—¡Yo incluso he repetido! —exclamó Papá.

—¡Y no solo una vez! —añadió Mamá.

La Abuelita respondió con una sonrisa:

—¡Creo que todos los años nos parecen deliciosos, y que

el único secreto es que los preparamos con mucho amor!

DISNEY · PIXAR

CARS

El derbi de las grúas

Mate, la mejor grúa del Condado de Carburador, es el propietario del Estadio de las Grúas. ¡Y está muy orgulloso de ello! En la pista, Mate y Rayo McQueen se preparan para correr ante un público impaciente.

—¿Qué hora es? —preguntó Rayo McQueen.

—Es hora de lanzar neumáticos —respondió su amigo.

En ese mismo momento, se oyó un ruido sordo.

Mate reconoció el motor de Bubba, una grúa muy grande que le doblaba en tamaño y que no era demasiado amigable. Le seguían dos grúas más pequeñas.

—Tenías razón, Bubba. Será perfecto para nuestro cuartel general —dijo una de ellas.

Mate y Rayo se miraron con los ojos muy abiertos.

—Ya le habéis oído, chicos —dijo Bubba—. Tater y Tater Júnior, aquí presentes, pronto se instalarán en el Estadio de las Grúas.

Bubba sonrió disimuladamente al dirigirse a Mate:

—¿Has olvidado que me retaste a una carrera de velocidad? El ganador se quedará con el Estadio de las Grúas. Cuando sea mío, los Tater trasladarán sus oficinas aquí de inmediato.

—Bueno, si yo he dicho eso, debe de ser verdad —respondió Mate—. Ya sabes lo despistado que soy; se me habrá olvidado. Así que, ¡vamos allá! ¡Que comience la carrera!

Bubba aceleró su motor.

—Ya puedes decir adiós a tu estadio, Mate —le dijo con arrogancia.

Se dio la señal de salida y Bubba arrancó de inmediato.

Mate estaba a punto de alcanzarlo, cuando, de repente, Bubba dejó caer su gancho de remolque en la pista. ¡BUM!

Al arrastrarla por el suelo, la cadena provocó chispas.

—¡Bubba! —gritó Rayo—. No puedes hacer eso,

¡es demasiado peligroso!

Pero la grúa se rio y siguió balanceando

el gancho de izquierda a derecha.

Mate no tenía ninguna posibilidad de adelantarla.

La carrera estaba llegando a su fin. Pero, justo cuando estaba a punto de tomar la curva final, Bubba, arrastrado por su gancho, volcó y se quedó apoyado sobre uno de los lados.

—¡Socorro! —gritó.

Mate se detuvo y dio media vuelta. Sin perder un segundo, llamó a los Tater para que lo ayudasen a levantar a Bubba. Los tres engancharon sus cables a la ventanilla lateral de la grúa y tiraron con todas sus fuerzas. Juntos, consiguieron darle la vuelta.

¡Hurra! Mate conservó su estadio y siguió siendo

la mejor grúa del condado.

Abatido, Bubba abandonó la pista chisporroteando.

—Señor Mate —le dijo Tater Júnior—, ¿estaría dispuesto

a enseñarnos a lanzar neumáticos?

—¡Con mucho gusto! —respondió Mate, encantado

de tener nuevos alumnos.

Disney · PIXAR

LOS INCREÍBLES 2

Un día con mamá

Una mañana, después de desayunar, Helen Parr tuvo una idea.

—Oye, Violeta —le dijo a su hija—, ¿qué te parece si hoy te llevo de compras para tu primera cita con Tony?

—Eh, no sé... Pensaba ir vestida así —respondió su hija.

—¡Vamos, va a ser genial! —quiso convencerla la madre.

—Está bien, si eso te hace feliz... —respondió Violeta con una risita.

Mientras Dash y Jack-Jack compraban caramelos y se divertían en las atracciones, Helen hizo que su hija se probara varios vestidos. Pero Violeta solo ponía cara de aburrimiento y fastidio. Ninguno de los vestidos acababa de convencerla: unos eran demasiado grandes o largos y otros demasiado sofisticados.

Aquello empezaba a parecerle interminable...

Violeta y su madre acabaron saliendo de la tienda con las manos vacías. Cuando llegó el momento de encontrarse de nuevo con los chicos, estos no aparecieron. Madre e hija empezaron a impacientarse. De pronto, Dash llegó empujando el cochecito de Jack-Jack a toda velocidad.

—Siento llegar tarde —dijo con una gran sonrisa.

Justo cuando se detuvo... ¡DRIIIING! Una alarma empezó a sonar cerca de donde estaban ellos.

La dependienta de una joyería salió despavorida de su tienda.

—¡Al ladrón, al ladrón! —vociferó.

¡Era un trabajo para los Increíbles! En un abrir y cerrar de ojos, se pusieron sus trajes y se dirigieron a la joyería.

—Salió de la nada, cogió unas joyas y se esfumó —les dijo la dependienta, aún visiblemente nerviosa.

De repente, sonó una segunda alarma. Y una tercera. Probablemente era un villano. Dash lo descubrió robando dinero de la caja de un restaurante y salió en su persecución. Al acercarse, el ladrón desapareció y, poco después, reapareció detrás de él.

—Encantado de conocerte, soy Ángulo Muerto —dijo el criminal mientras se esfumaba una vez más.

Entonces, Violeta, harta de tanto jueguecito, creó un campo de fuerza alrededor del escurridizo delincuente y lo detuvo. Elastigirl se estiró hacia él y lo condujo hasta la fuente. ¡Ángulo Muerto ya no tenía escapatoria!

—Lo siento, cariño —dijo Elastigirl—, este no era el día que había imaginado para nosotras. Quería que pasáramos un buen rato juntas.

—Al contrario, mamá, no hay nada como atrapar a los malos en familia —respondió Violeta.

—Bueno, creo que tienes razón —asintió su madre.

Unos días más tarde, Violeta se preparaba para salir.

Se puso sus vaqueros y su camiseta favoritos.

—¡Este conjunto es muy bonito! —le dijo su padre, pensando que era ropa nueva.

—Estás preciosa —añadió la madre.

—Gracias —respondió Violeta, dándole un abrazo.

La joven salió con cara de felicidad. Tenía su primera cita con Tony.

Disney · PIXAR

EL VIAJE DE ARLO

El cumpleaños de Arlo

¡Arlo estaba hecho un manojo de nervios! Hoy era su cumpleaños y el de Libby y Buck, sus hermanos. Este año, sus padres los llevaban al pie de la cascada donde se conocieron. Era un viaje largo y arduo, lo cual inquietaba un poco a Arlo. Pero, cuando vio la cesta llena de bayas que llevaba encima su madre, se olvidó del peligro.

—¡Qué ricas! Mamá, ¿me das una? —preguntó.

—No, Arlo, es para vuestro pícnic de cumpleaños. Nos las comeremos cuando lleguemos —le respondió ella.

Los dinosaurios llevaban varias horas caminando cuando entraron en un bosque oscuro. Arlo no estaba nada tranquilo. Sombras aterradoras acechaban entre los árboles, y un sinfín de ramas punzantes le pinchaban por todas partes.

Empezó a correr y a gritar:

—¡Mamá! ¡Espérame!

Poco después, la familia llegó al pie de una colina. La cuesta era empinada y fangosa. ¡Les iba a costar llegar a la cima! Su hermano y su hermana empezaron a trepar, pero Arlo creía que la aventura ya había durado demasiado y era hora de obtener algo a cambio.

—Mamá, ¿me das una baya? —preguntó.

—No, Arlo, todavía no hemos llegado —respondió ella—. Vamos, date prisa, pero ten cuidado, el suelo está muy resbaladizo.

Por fin, Arlo llegó a la cima. Su familia lo esperaba
junto a un enorme árbol caído.
—¿Qué ocurre? —dijo intranquilo.
—El camino por el que solemos ir está bloqueado —le explicó su madre—.
Tenemos que encontrar otra manera de llegar a la cascada.
—Creo que vamos a tener que subir por esas rocas —dijo su padre—.
La cueva probablemente no tiene salida.
¡GLUPS! A Arlo no le apetecía nada ponerse a trepar,
y mucho menos atravesar la cueva.

—Creo que ya tienes edad para subir por esas piedras —le dijo su madre—. Y mira la cascada que hay detrás, ¡ahí es donde vamos!

Su padre encabezaba la marcha, seguido de cerca por Libby y Buck.

Arlo trepó también, ¡decidido a llegar hasta el final!

Pero, cuando su madre empezó a subir, ¡perdió el equilibrio!

La cesta cayó y las bayas rodaron hasta la cueva.

—¡No! —gritó Arlo con desespero.

Había superado sus miedos para llegar hasta aquí y por nada del mundo iba a quedarse sin su recompensa, así que dio media vuelta y se metió en la cueva.

—¿Qué ocurre? —preguntó Libby.

—Arlo ha entrado en la cueva —le explicó su madre.

—¿Arlo? Eso es imposible —concluyó Buck.

—Quizá debería ir a buscarlo —dijo su padre con preocupación.

Pero, antes de ponerse en marcha, Arlo apareció

con la cesta llena de bayas.

—¡A ver si adivináis lo que he descubierto! —exclamó—.

La cueva lleva directamente a la cascada.

Arlo guio inmediatamente a su familia al interior de la cueva.

—Parece que nuestro chico se está haciendo mayor —dijo su padre.

—Sin duda alguna —respondió su madre—. Y creo que se merece la primera baya por haber salvado nuestro postre.

Libby y Buck asintieron con la cabeza.

—¡Bien hecho, Arlo! —le felicitaron.

—¡Caramba! —exclamó Arlo, admirando la cascada—. Después de todo, hay cosas por las que merece la pena hacer un gran esfuerzo.

Disney·PIXAR

MONSTRUOS, S.A.

Navidad en Monstruópolis

Mike Wazowski era el jefe de los recolectores de risas en Monstruos, S. A.

Se acercaba la Navidad y él tenía una cosa en mente:

iluminar cada esquina de Monstruópolis.

—Colocaremos un árbol de Navidad gigante en la plaza principal —explicó a su equipo—. Organizaremos una ceremonia especial para celebrar su iluminación, y las cámaras filmarán el acontecimiento en directo.

Sulley miró los planos por encima del hombro.

—¿Estás seguro? Necesitaremos mucha energía —dijo preocupado.

Pero Mike estaba decidido.

—La gente hablará de esto durante años.

¡Y por fin llegó la Nochebuena! Por toda la ciudad, las luces deslumbraban a los transeúntes. En la plaza principal, cientos de personas se reunieron para ver cómo se iluminaba el abeto. Había equipos de televisión y de prensa por todas partes.

—¿Ves, Sulley? —dijo Mike—. Y tú estabas preocupado...

Pero algo inesperado lo interrumpió: ¡la ciudad se había quedado sumida en la oscuridad!

Sulley susurró al oído de Mike:

—La fábrica está cerrada y todo el mundo está de vacaciones. ¿Cómo vamos a generar suficientes risas para obtener energía?

—Tenemos que encontrar otras alternativas —respondió Mike, rápidamente—. Veamos quién parece gracioso aquí...

Entonces, vio a Needleman y a Smitty.

—¡Eh, vosotros! —los llamó—. ¡Por aquí!

Mike, Sulley y sus dos reclutas se dirigieron a la fábrica. ¡Tenían que salvar la Navidad!

Sin perder un segundo, Mike eligió una puerta al azar y empujó a Needleman y a Smitty para que la cruzaran.

—¡Apestas! —le dijo Needleman a Smitty al entrar en la habitación de una niña.

—¿Que yo apesto? —exclamó Smitty, despertando a la pequeña—. ¡Tú eres el que apesta!

Needleman intentó empujar a Smitty, pero este se apartó y Needleman cayó hacia atrás con un fuerte estruendo.

La niña se echó a reír.

Mientras tanto, Mike y Sulley tampoco perdieron el tiempo.

—¡Solo nos queda un contenedor por llenar! —dijo Sulley.

—¡Uf! Me he guardado el mejor chiste para el final —dijo Mike, abriendo rápidamente la puerta más cercana—. Soy rojo y peludo, tengo ocho patas y tiro del trineo de Papá Noel. ¿Quién soy? ¡Rodolfo, la araña de la nariz roja!

En el dormitorio, los niños estallaron en carcajadas.

—Seis contenedores —exclamó Sulley—. Esperemos que sea suficiente.

Los dos amigos corrieron hacia la plaza principal.

En la ciudad, por fin había vuelto la luz. Los espectadores seguían allí y estaban impacientes por ver el árbol iluminado. Mike subió al estrado y pulsó el botón de control.

¡CLIC! Toda la plaza se iluminó. El público lanzó un grito de admiración.

—Lo has conseguido —dijo Sulley.

—No, lo hemos conseguido —dijo Mike. Y, mirando a Needleman y a Smitty, añadió—: ¡Por favor, demos un especial aplauso a ellos dos!

Disney · PIXAR

TOY STORY 4

Un nuevo comienzo

Cuando Andy se hizo mayor, le dio todos sus juguetes a Bonnie. Woody, que siempre quería ayudar, decidió acompañar a la niña al colegio. Para que no se aburriese, le dio unos objetos para hacer manualidades. Bonnie tenía mucha imaginación, así que construyó un nuevo amigo y lo llamó... Forky.

A la mañana siguiente, Bonnie y su familia emprendieron un viaje en su autocaravana. La niña se llevó todos sus juguetes favoritos, sin olvidar a Forky. Pero una noche, mientras iban por la carretera, Forky decidió escapar porque creía que su lugar natural era el cubo de la basura. Sin dudarlo un instante, saltó por la ventana trasera. Woody sabía que tenía que seguirlo. ¡No podía abandonar a un juguete! Se encontró con él en la carretera y le siguió los pasos desde la autocaravana hasta la siguiente ciudad.

Por el camino, pararon en una tienda de antigüedades y conocieron a una muñeca que se llamaba Gabby Gabby. Woody hizo las presentaciones, pero la muñeca se burló de Forky. Lo único que le interesaba era el dispositivo de voz que el vaquero llevaba cosido al pecho. Lo señaló con el dedo y dijo en un tono amenazante:

—Tienes lo que necesito. Justo aquí.

Woody echó a correr y consiguió escapar. Pero los secuaces de la muñeca capturaron a Forky.

Mientras tanto, Buzz, Bo Peep y sus amigos Ducky, Bunny, la agente Risitas McRisas y Duque Boom salieron a buscarlos.

Después de vagar por las calles, finalmente se encontraron con Woody, que les contó lo que había pasado.

—¡Tenemos que rescatar a Forky! Bonnie se pondrá muy triste si volvemos sin él —dijo.

Juntos, consiguieron entrar en la tienda donde Gabby Gabby mantenía prisionero al juguete.

Por desgracia, el intento de recuperar a Forky fracasó. Gabby Gabby había enviado a sus secuaces, y el grupo no tuvo más remedio que retirarse y huir lo más rápidamente posible. Woody se sentía muy triste y frustrado. No podía abandonar a Forky.

El vaquero decidió volver a la tienda él solo. Allí, se encontró cara a cara con Gabby Gabby. Ella le explicó que su dispositivo de voz jamás habia funcionado bien y que por eso ningún niño la había querido. Woody sintió pena por la muñeca. Solo vio una solución. Se quitó del pecho el dispositivo de voz y se lo entregó. A cambio, ella puso en libertad a Forky, que volvió con Bonnie.

El dispositivo de voz de Woody le funcionó
perfectamente a Gabby Gabby.
—Mi destino es ayudar a los juguetes —comprendió Woody.
Con la ayuda de Bo Peep, encontró a la niña ideal para
Gabby Gabby. ¡Eran la pareja perfecta!
La muñeca había encontrado a alguien que la quisiera, y Woody,
al quedarse junto a Bo Peep, había encontrado su razón de ser.

Disney · PIXAR

Cars

Compañeros de equipo ante todo

¡Se acercaba el gran día!
¡La carrera del trofeo Race-O-Rama
estaba a punto de celebrarse!
Doc Hudson Hornet y Chick Hicks
dirigían academias rivales.
Cada uno de ellos había elegido un
equipo para representar a su escuela.
Los ganadores se llevarían a casa el Alerón de Plata.
—Esta carrera es una excelente publicidad para
nuestra escuela —explicó Doc.
—Sobre todo cuando hayamos derrotado a Chick —añadió Rayo.

La carrera se disputaba por equipos, formados
por dos automóviles cada uno.
Cuando Chick se enteró de que Rayo y Mate correrían para Doc,
no tuvo dudas: su compinche Switcher sería su pareja.
Se proponía poner en práctica su lema: *hacer trampas, trampas y más trampas.*
—¡No tienen ninguna posibilidad! Voy a demostrarles
que mi escuela es la mejor —se dijo convencido.

¡Por fin llegó el día de la carrera! En las gradas, la emoción era máxima. Los espectadores, parachoques contra parachoques, no podían contener su entusiasmo. Mate, Rayo, Chick y Switcher esperaban en la línea de salida.

—¿Así que esos son nuestros rivales? —dijo Switcher—. Voy a ganarles con los ojos cerrados.

—¡Ya lo creo que vas a cerrar los ojos! Sobre todo después de que te haya hecho morder el polvo —replicó Rayo.

¡Tres, dos, uno! Los coches se pusieron en marcha. Switcher adelantó a Rayo en medio de un enorme chirrido de neumáticos.

—¡Has tardado demasiado! —le desafió Rayo.

Pero Switcher no estaba de humor para bromas.

Dejó un rastro de gasolina tras de sí, que hizo que Rayo derrapase al pasar por encima. El coche rojo perdió el control y bajó al máximo el pedal del freno.

Tras recuperar el control, ¡Rayo estaba listo para volver a la acción!
Quedaban solo cinco vueltas para el final,
no podía perder ni un segundo.
De repente, Chick golpeó violentamente a su compañero de equipo.
¡BUM! ¡Switcher se salió de la pista!

Al comienzo de la última vuelta, Mate se colocó delante de Chick y se puso a zigzaguear delante de él, impidiéndole que adelantase a Rayo.

—Detente, pedazo de chatarra —le insultó Chick.

—Lo siento, fanfarrón, este tipo de halagos no te llevará a ninguna parte —respondió Mate divertido.

Rayo aprovechó la oportunidad para adelantarse y cruzar primero la línea de meta.

—¡Noooooo! —gritó Chick.

El público enloqueció. ¡La Academia Doc Hudson había ganado! El Alerón de Plata ya era suyo. Los fotógrafos se agolparon ante el podio y el resplandor de los flashes no cesaba. Doc felicitó a sus pilotos:

—Excelente trabajo de equipo, amigos.

—Chick y Switcher habrán aprendido, sin duda, que haciendo trampas no se llega a ninguna parte —añadió Rayo—. Para ganar, siempre debemos apoyarnos unos a otros.

Disney · PIXAR

UP

El concurso de insignias

¡A Russell le encantaba coleccionar insignias! Aquella mañana, él y sus compañeros tenían una cita con Strauch, su jefe de campamento.

—Bien —empezó diciendo Strauch—. Tenéis la oportunidad de dejar vuestra huella en la historia de los exploradores de tierras salvajes. —Y luego añadió—: Cada uno de vosotros tendrá que inventar una nueva insignia. Dentro de quince días se celebrará un concurso. Para participar, deberéis describir vuestra insignia, proporcionar una foto de la misma y explicar qué hay que hacer para conseguirla.

A Russell se le iluminó la cara. ¿Sería esta la ocasión de ganar una insignia inventada por él mismo? ¡Tenía que ganar este concurso!

Russell tenía muchas ideas, pero no se decidía.

—¿Qué es lo que realmente te apasiona, más que ninguna otra cosa? —le preguntó Carl.

—Bueno, no lo sé —respondió Russell mientras sacaba una tableta de chocolate de su bolsillo.

—Nunca hemos resuelto ningún misterio ni construido ningún robot, pero sabemos que esto te interesa —le dijo Carl, señalando la tableta con el dedo.

—Señor Fredricksen, ¡es usted un genio! —exclamó Russell—. Me gusta el chocolate más que nada en el mundo.

Al día siguiente, Carl llevó a Russell y a Dug a la pastelería.

—Te presento a Roger —le dijo Carl al niño—. El chocolate no tiene ningún secreto para él, y te ha preparado una sorpresa.

Roger les estrechó la mano y les entregó a cada uno un gorro y un delantal de cocinero.

—Tendréis que cambiaros —les dijo—. Venid conmigo al obrador. Espero que no os importe ensuciaros.

Russell aprendió no solo a hacer su propio chocolate,
sino también a hacer todo tipo de postres.
Con la ayuda de Roger, preparó magdalenas
de chocolate, glaseado de chocolate
y tartas de crema de chocolate.
¡Y, por si fuera poco,
Russell pudo probarlo todo!

Por fin llegó el día del concurso.

Todos los participantes aportaron ideas excelentes.

Había una insignia de carpintero, una de director de cine, una de constructor de atracciones e incluso una de noctámbulo. Para obtener esta última, había que permanecer despierto toda la noche para encontrar e identificar animales nocturnos.

Finalmente, le llegó el turno a Russell.

—Yo la llamo la Insignia del Amante del Chocolate, y para obtenerla es necesario saber cómo se hace el chocolate y preparar cuatro postres diferentes con él —explicó.

—¡Tiene una pinta deliciosa! —dijo Strauch, el jefe del campamento.

Carl puso una mano en el hombro de Russell.

—Has hecho un gran trabajo —le dijo.

—Ganar la insignia, ganar la insignia —añadió Dug, moviendo la cola.

Pero la ganadora del concurso fue la insignia del constructor de atracciones. Carl le dio unas palmaditas en la espalda a Russell.

—De todos modos, estoy muy orgulloso de ti —le dijo.

—¿Sabes una cosa? —añadió el chico—. Al principio, lo único que me importaba era ganar, pero, ahora que he perdido, no me siento nada triste. Gracias a ti, he aprendido todo lo que necesitaba saber sobre uno de mis temas favoritos. Y eso vale mucho más que la victoria en un concurso. Y además, construir una atracción parece divertido.

¡Estoy deseando añadir esa insignia a mi colección!

Disney · PIXAR

DEL REVÉS (INSIDE OUT)

El concierto de Riley y de Bing Bong

A Riley y a su amigo imaginario, Bing Bong, les encantaba tocar música juntos. Riley hacía sonar con habilidad casi cualquier instrumento, y Bing Bong tocaba con la nariz como nadie. Alegría era su mayor admiradora. Pero las otras emociones eran un poco menos entusiastas. A Ira le parecía que la música era demasiado estridente. Miedo no perdía de vista los instrumentos: ¡un movimiento en falso y Riley podría tragarse el kazoo! A Tristeza solo le gustaban los acordes menores. Y a Asco, el numerito de Bing Bong tocando con la nariz le provocaba náuseas.

Un día, después de interpretar algunas canciones,

Riley tuvo una idea:

—Deberíamos irnos de gira —exclamó.

—Qué gran idea —respondió Bing Bong—. ¿A dónde podríamos ir?

—¿Qué te parece Australia? ¡Nos podríamos llevar el cohete!

Voy a decirles a mamá y a papá que vamos a hacer un largo viaje.

—¿Un viaje largo? —exclamó Miedo mientras observaba un mapa—. ¡Hay un océano gigantesco que nos separa de Australia!

—¡Es fantástico! —dijo complacida Alegría.

—Genial... Pelo húmedo y grasiento garantizado —gruñó Asco.

—¿Y si nos perdemos? —dijo temerosa Tristeza.

—¡Siempre podríamos convertirnos en piratas! —intervino Ira.

Riley y Bing Bong subieron a bordo de su cohete
y se prepararon para el despegue.
—Copiloto, ¿cuál es el estado de la revisión
de los controles? —preguntó Riley.
—Comprobados, capitán —respondió Bing Bong.
—Activando el cohete propulsor —dijo Riley—.
Centro de Control, estamos listos.
Juntos, iniciaron la cuenta atrás:
—Diez, nueve, ocho, siete, seis, cinco, cuatro, tres, dos, uno... ¡Ignición!

Gracias al supercohete, el viaje fue breve. Al cabo de poco, estaban en tierra firme. ¡Habían llegado a su destino!

—¡Australia! —gritó Riley.

Las emociones aplaudieron.

Las criaturas locales les dieron una calurosa bienvenida.

—Interpretad una melodía —les pidió un koala.

Riley y Bing Bong subieron al escenario y cantaron todas sus canciones.

¡Qué espectáculo! Fue un gran éxito, y el público estaba extasiado.

Pero, de repente, un olor familiar llenó el aire.

—¡Es el famoso puré de patatas de mamá! —le dijo Riley a Bing Bong al oído—. Es hora de volver a casa.

Después de interpretar una última canción y despedirse de sus nuevos amigos, volvieron a casa.

—Me alegro de haber vuelto —dijo Tristeza.

—Es verdad que estamos muy a gusto en casa, pero viajar ¡es tan emocionante! —añadió Alegría.

—No estoy de acuerdo —dijo Miedo—. A mi me gusta quedarme aquí. ¡Se acabaron los viajes!

Disney · PIXAR

BRAVE

El caballo desbocado

Una tarde de tormenta, Mérida se instaló en el establo con su caballo Angus para leer cuentos tradicionales escoceses.

—Mira, Angus —le dijo, mostrándole una página del libro—. Estos caballos son mágicos. Este de aquí es un kelpie.

Es un caballo acuático.

A ella le hubiera gustado salir a pasear, pero con el tiempo que hacía era imposible.

De repente, Mérida levantó la vista y vio un rayo de sol.

—¡Angus! Ha dejado de llover. Vamos a dar un paseo.

Cruzaron el puente al galope y se adentraron en el bosque.

Entonces, divisaron una figura gris en movimiento.

—¿Qué era eso? —se sorprendió la joven—. ¿Lo has visto, Angus?

Angus lo había visto todo y se negó a seguir adelante.

—No seas tonto. Estoy segura de que no era un oso —dijo Mérida.

Mérida guio a Angus hasta un claro. Allí se encontraron con un caballo magnífico. Su pelaje brillaba con esplendor y su crin era tan fina como la seda. Con el corazón latiendo aceleradamente, Mérida le susurró a Angus al oído:

—Es un caballo mágico, estoy segura.

Mérida se bajó de su montura y se acercó lentamente a la criatura.

Una vez que estableció contacto con él, saltó sobre su lomo.

No tenía una brida que ponerle, pero sabía

que podría guiarlo con sus propias manos.

El animal se encabritó, pero Mérida mantuvo la calma.

Sabía bien cómo tratar a los caballos.

A continuación, partieron con un galope frenético. El caballo aceleró... ¡y se dirigió hacia un precipicio! Mérida intentó saltar al suelo, pero la crin del animal se le enredó en las muñecas. Lo único que podía hacer era gritar pidiendo ayuda. ¿Por qué no se detenía el caballo?

De repente, escuchó un relincho: ¡era Angus!

Galopó junto a ellos, con la brida entre los dientes. Se acercó a la chica como pudo y se la ofreció. Mérida consiguió atraparla y colocarla alrededor de la cabeza del animal. Tiró de las riendas y lo guio suavemente hacia un camino que rodeaba el precipicio.

Una vez al borde del agua, le quitó la brida.

El caballo la miró a los ojos, movió ligeramente la cabeza y partió al galope en dirección al lago.

Mérida tuvo la impresión de que entraba en el agua...

De vuelta al establo, Mérida se apresuró a recoger su libro. Pasó las páginas frenéticamente para volver a leer la leyenda del kelpie.

—*Una vez pasada la brida alrededor del cuello del kelpie, el animal obedecerá las órdenes de su jinete* —leyó en voz alta.

Miró a Angus sorprendida.

¿Era posible que hubiese montado un kelpie?

Disney · PIXAR

MONSTRUOS UNIVERSITY

Trabajo en equipo

Mike Wazowski y James P. Sullivan eran estudiantes de la Politécnica del Miedo, en la Monstruos University. No tenían nada en común: Mike se pasaba los días estudiando, mientras que Sulley prefería salir a divertirse. Había llegado el primer día de exámenes. Los dos estudiantes tuvieron una discusión tremenda y atrajeron la atención de la decana Hardscrabble. De repente, Sulley tropezó y derribó un contenedor que contenía el grito más estridente de Monstruópolis, recogido por la propia decana cuando era más joven. El contenedor se estrelló contra el suelo, dejando escapar un grito:

—¡¡¡Aaaaaahhhhhh!!!

—Lo siento mucho —se disculpó Mike.

—Ha sido un accidente —añadió Sulley.

La decana, abatida, les hizo hacer el examen de todos modos. Pero no pareció nada impresionada por sus resultados y decidió expulsarlos de la Politécnica del Miedo. Sulley, sorprendido, salió corriendo de la habitación. Ella se volvió hacia Mike.

—Señor Wazowski, lo que a usted le falta no se puede enseñar —le dijo—. Y es que usted simplemente no da miedo.

Mike se quedó desolado.

Al semestre siguiente, Mike y Sulley fueron enviados a otra facultad, donde se aburrían mucho. Afortunadamente, los Sustijuegos estaban a la vuelta de la esquina.

Mike se acordó de las palabras de la decana: «Si vuestro equipo gana los juegos, os readmitiré en la Politécnica del Miedo. Pero, si perdéis, os expulsaré de la Monstruos University».

Para poder participar en los Sustijuegos, Mike y Sulley se unieron a una hermandad: la Oozma Kappa. Su equipo superó todas las pruebas y por fin llegó el día de la final: la Oozma Kappa se enfrentaba a su gran rival, la Roar Omega Roar. Los concursantes debían asustar por turnos a un niño robot. Mike fue el último.

—¡Grrrrrr! —rugió con todas sus fuerzas.

¡Su puntuación fue perfecta! Pero, por desgracia, descubrió que Sulley había hecho trampas al bajar el nivel de miedo del robot...

—Entonces, tú también crees que no doy suficiente miedo...

—le dijo Mike a Sulley con tristeza, antes de huir por una puerta que conducía al mundo de los humanos.

Mike fue a parar a un campamento de verano lleno de peligrosos niños.

Sin dudarlo, Sulley le siguió. Pero Mike quería estar solo.

—Intento ayudar a la gente, pero lo único que consigo es decepcionarla —se lamentó Sulley.

Mike no podía creer que Sulley no tuviera confianza en sí mismo.

De repente, unos humanos se acercaron.
Sin tiempo que perder, Mike y Sulley se dirigieron a la puerta y regresaron al mundo de los monstruos. De vuelta a la universidad, fueron expulsados por hacer trampas. Se despidieron de sus amigos de Oozma Kappa y se embarcaron en una nueva aventura...
¡en el servicio de correos de Monstruos, S. A.!

Disney · PIXAR

WALL·E

Regreso a la Tierra

La *Axiom* había vuelto a la Tierra.

En ese momento, el capitán solo pensaba en una cosa:

ayudar a los robots de su tripulación a adaptarse a su nueva vida.

Sabía que, si permanecían juntos, pronto se sentirían

como en casa. Incluso si, aparte de Wall•E, nunca hubieran

conocido otra cosa que no fuese una lujosa nave espacial...

El capitán no tardó en darse cuenta de que EVA
no estaba contenta con el cambio.
Su misión original era localizar e identificar todas las formas de vida vegetal. Pero, ahora, EVA ya no sabía cuál era su cometido.
Iba de un sitio a otro, examinando hasta la última planta.
El capitán le dijo a Wall•E:
—Es importante que todos nos sintamos a gusto en este planeta.
Debemos encontrar algo que mantenga ocupada a EVA.
¿Puedes ayudarme?

Wall•E emitió un pitido de confirmación y se fue a elaborar un plan.

Después de unos días de reflexión, Wall•E tuvo una idea excelente:
¡le pediría a EVA que cultivase su propio huerto!
EVA ya sabía observar la vida vegetal, pero quizá también podría cultivarla y cuidarla. ¿Y por qué no con la ayuda de sus amigos robots? Sabía que EVA estaría encantada de hacerlos participar en su proyecto.

Por fin había llegado el momento de mostrar a EVA el espacio que Wall•E y sus amigos habían creado para ella. Le pidió que cerrase los ojos y la condujo a la entrada. Cuando abrió los ojos, Wall•E le explicó que aquello era su nuevo huerto, y que solo era para ella. ¡EVA estaba encantada! Sin perder un segundo, se puso manos a la obra y asignó una misión a cada robot.

Unos días más tarde, el capitán pasó por allí para ver cómo les iba a Wall•E y a EVA. Quedó encantado al ver que el plan de Wall•E había funcionado. Era evidente que EVA era muy buena dando forma y manteniendo su huerto. ¡Nunca la había visto tan feliz desde que habían llegado a la Tierra!

Por primera vez en mucho tiempo, EVA se sentía útil.
Con el tiempo, su huerto creció mucho. Muy pronto,
la casa de EVA y Wall•E estuvo rodeada de vegetación.
El huerto se había convertido en el lugar favorito de EVA.
Le encantaba pasar largas horas allí, rodeada de sus plantas
y en compañía del robot que más quería en el mundo.

Disney · PIXAR

BUSCANDO A DORY

¡De ti depende descubrirlo, Dory!

Después del colegio, Nemo, Marlin, Dory y sus amigos se pusieron a jugar al escondite. ¡A Dory le tocó contar primero! Rápidamente, todo el mundo empezó a buscar un escondite mientras ella contaba:

—Uno, dos, tres... ejem... cuatro, cinco, seis... ejem...

¡De pronto, no sabía dónde estaba! Abrió los ojos y se preguntó por qué estaba contando. ¡Ah, sí! Estaba jugando al escondite. De inmediato, se dirigió hacia la anémona de Nemo y Marlin.

Cuando llegó, ya había olvidado por qué había ido hasta allí.

Dory se acercó. No recordaba por qué era importante mantenerse alejada de las anémonas...

—¡Ay! —gritó de repente—. ¡Ahora me acuerdo! Se supone que no debo tocar las anémonas porque pican.

Mientras se alejaba nadando y frotándose la aleta, Nemo y Marlin asomaron la cabeza por entre los tallos de la anémona.

—Pero ¿a dónde va, papá? —preguntó Nemo—. ¡Casi nos encuentra!

—No lo sé —respondió Marlin.

«¿Qué es lo que iba a hacer?», se preguntó Dory mientras cruzaba la Gran Barrera de Coral.

Pasó por encima de Bailey, que estaba oculta tras un alga, e incluso muy cerca de Destiny, que apenas se distinguía en el fondo del mar.

Dory siguió su camino. Llegó a una cueva y, de repente, recordó que estaba jugando al escondite... ¡aunque se olvidó de que era ella la que tenía que buscar a sus amigos!

—Rápido, tengo que esconderme —se dijo.

Se metió en la cueva, ante la sorpresa de sus padres, Jenny y Charlie, que la observaban a distancia. Estos esperaron a que saliese, pero pasó mucho tiempo y Dory no aparecía.

Al final, empezaron a preocuparse.

Los padres de Dory decidieron entrar en la cueva.

—Pero ¿qué haces, cariño? —le preguntó su madre.

—¡Papá, mamá! ¡He encontrado el mejor escondite! Venid rápido.

Intentaron explicarle que era ella la que tenía que buscar a sus amigos, pero enseguida llegaron sus compañeros de juegos.

—Dory —dijo Nemo—, ¿qué estás haciendo?

—¡Nemo! —gritó Dory—. Nosotros... ¿Qué hacemos aquí?

—¡Estamos jugando al escondite! —respondieron sus amigos al unísono.

Mientras la pandilla salía de la cueva, Nemo se lo explicó todo a Dory:

—Se supone que eres tú quien debería de estar buscándonos.

—Ah, ya veo. ¡Te he encontrado! —respondió Dory.

Marlin de repente tuvo una idea:

—¿Y por qué no jugamos simplemente al pillapilla?

Disney · PIXAR

TOY STORY 4

El grandioso plan de Ducky y de Bunny

Para Woody, Bo Peep y todos sus amigos cada día era una nueva aventura. Viajaban de ciudad en ciudad para ayudar a otros juguetes. Bo Peep había reunido una amplia gama de accesorios que utilizaba durante sus misiones. La mano pegajosa era uno de sus favoritos. La lanzaba como si fuese un lazo de vaquero para fijarla en cualquier parte y así ella podía balancearse de un punto a otro.

Pero, un día, Bo Peep se dio cuenta de que su mano pegajosa había desaparecido. Rebuscó en el maletero de su coche: encontró gomas elásticas, cinta adhesiva y grapas, pero la mano no estaba.

—Tengo la impresión de que aquí hay de todo —dijo la agente Risitas McRisas, inclinándose sobre el maletero—. No se echa en falta nada.

—¿Dónde la viste por última vez? —le preguntó Woody.

—Recuerdo haberla utilizado cerca de la cabina del guardián espacial —respondió Bo Peep.

Al oír el nombre de su juego favorito, Ducky y Bunny vinieron corriendo.

—¡Que no cunda el pánico, amigos! Tenemos un plan absolutamente infalible —los tranquilizó Ducky—. La probabilidad de éxito es del cien por cien.

—¡Es verdad! Del cien por cien —repitió Bunny—. ¡Este es el plan!

—Para empezar, subiremos a nuestra máquina del tiempo —dijo Ducky.

—Y nos iremos lejos —añadió Bunny.

—Retrocederemos muy atrás en el tiempo —continuó Ducky—. A la época de los dinosaurios, cuando los volcanes escupían lava caliente.

La agente Risitas McRisas tosió insistentemente.

—Eh, chicos —dijo para llamar su atención.

—¿Qué pasa? —preguntaron Ducky y Bunny visiblemente molestos por la interrupción.

—He resuelto el misterio —anunció la agente con orgullo.

Todos los juguetes miraron en la dirección que ella señalaba y descubrieron... ¡la mano pegajosa! Había estado agarrada al pelaje de Bunny desde el principio.

—¡Bum! —exclamó Duke.

Bo Peep retiró suavemente la mano de la espalda del conejo, que emitió unos grititos de dolor.

Ducky, irritado, se volvió hacia Bunny.

—Me pregunto cómo ha acabado allí —dijo—. Supongo que, una vez más, no estabas prestando atención.

—¿O has sido tú quien la ha puesto allí? —replicó su amigo con el ceño fruncido.

—¿Por qué te iba a poner una mano pegajosa en la espalda?

Mientras los dos amigos continuaban discutiendo, Bo Peep hizo girar la mano por encima de su cabeza, lista para su próxima aventura.

Disney · PIXAR

Cars

El monstruo de la Selva Negra

El piloto alemán Max Schnell había invitado a Rayo McQueen a participar en la primera carrera que se celebraría en la Selva Negra, en Alemania. Rayo estaba encantado y había pedido a su equipo que lo acompañase. La víspera de la carrera se organizó una fiesta en honor de los pilotos. Allí, Rayo se encontró con el español Miguel Camino y el francés Raoul ÇaRoule. Mate se encargó de los refrescos.

Al día siguiente, en la salida de la carrera, Mate, que se encontraba entre el público, le contó a Rayo una leyenda que le habían explicado el día anterior:

—¡Cuidado, Rayo, hay un horrible monstruo rondando la zona! Se le conoce como el monstruo de la Selva Negra.

—¡Ja, ja! Mate, tienes demasiada imaginación —dijo Rayo riendo.

¡Tres, dos, uno, ya! Rayo se abrió paso por una pista forestal, superó una curva difícil y ¡se puso en cabeza! Max, Raoul y Miguel le seguían muy de cerca. Los cuatro corrían muy por delante de los demás.

De repente, un enorme estruendo sacudió todo el bosque.

Rayo sintió que algo le rozaba y oyó un crujido.

—¡¿Qué ha sido eso?! —gritó.

Los pilotos se detuvieron en seco y se miraron asustados.

—¡El monstruo de la Selva Negra es real! ¡Mate tenía razón!
—exclamó Rayo.

Sin perder un instante, los cuatro participantes se pusieron de nuevo en marcha a toda velocidad. ¡Apretaron el acelerador e incluso saltaron por encima de un barranco!

—¡No dejaré que este monstruo me convierta en un montón de chatarra! —exclamó Raoul.

—¡Aahhhh!—gritaron todos, tratando de moverse tan rápido como podían.

¡Sálvese quien pueda! Rayo, Raoul, Max y Miguel ya no conducían con el propósito de ganar, ¡sino para salvar sus vidas! Los aficionados no daban crédito a lo que estaban viendo: los cuatro participantes cruzaron la línea de meta exactamente al mismo tiempo. Y, además, batieron el récord de velocidad de la carrera.

Rayo, Raoul, Max y Miguel subieron al podio
y compartieron el primer puesto.

—¡Ha sido una carrera absolutamente increíble! ¿Qué os ha motivado para lograr semejante récord? —les preguntó un periodista.

—Bueno, la verdad es que no estaríamos aquí si no hubiera sido por el monstruo de la Selva Negra —respondió Rayo mientras le sonreía a Mate.

Disney · PIXAR

COCO

La historia de Dante

A varios kilómetros de cualquier zona habitada,
un cachorrito vivía solo en una granja abandonada.
La vida allí no era fácil, pero se las arreglaba lo mejor que podía.
Cada mañana, al despertarse, se estiraba, bostezaba,
mordisqueaba unos trozos de hortalizas del viejo huerto
y bebía unos sorbos de agua de lluvia.

Era un perrito inteligente que había aprendido a seguir sus instintos. Después de vivir así durante algún tiempo, decidió abandonar la granja.

Apenas le quedaba comida y quería hacer amigos, así que se puso en marcha y comenzó una nueva aventura.

Caminó muchos kilómetros. Hambriento y agotado, se dejó guiar por su olfato y finalmente llegó a un pueblo llamado Santa Cecilia. Con los ojos muy abiertos y la lengua fuera, descubrió el mercado del lugar, que estaba repleto de aromáticas comidas y de colores llamativos.

¡Aquello era el paraíso!

El perro se fijó rápidamente en un niño que parecía conocer a todo el mundo. Decidió seguirle con la esperanza de llenar el estómago. El niño, que se llamaba Miguel, inmediatamente se encariñó con el animal y, viendo que tenía hambre, lo llevó junto a sus amigos.
Le presentó a Don Pancho, el panadero, a Luisita, la vendedora de tacos, y a muchos otros.
Todo el mundo le ofrecía algo. ¡El perrito estaba muy feliz!

Una mañana, después de varios días sin ver a Miguel, el cachorro se sentía un poco triste y se dio cuenta de que echaba de menos a su amigo. Mientras caminaba por la calle, oyó una música que procedía de una zapatería.

Intuyó que allí era donde estaba Miguel.

Así que siguió sus instintos: subió al tejado de la casa y se coló en el interior por una de las ventanas.

¡En efecto! Allí estaba Miguel tocando la guitarra.

El animal se abalanzó sobre el niño, que se echó a reír.

—Sé que no eres mi perro —dijo Miguel—, pero creo que necesitas que te pongan un nombre. Te llamaré... ¡Dante! ¿Qué te parece?

El perro movió la cola y dio una vuelta sobre sí mismo. ¡Estaba encantado! ¡El nombre le sentaba como un guante!

Disney · PIXAR

BRAVE

La leyenda de las esmeraldas

El reino de DunBroch dio la bienvenida al clan Macintosh para celebrar la amistad entre las dos familias. Mérida estaba muy contenta de volver a ver a su amigo, el joven Macintosh. Corrió hacia él y se fijó en el escudo familiar que llevaba prendido en su falda escocesa.

—Muy chic —bromeó educadamente.

—¿Y tú no tienes uno? —preguntó el muchacho.

—No, pero tengo esto —dijo ella, mostrándole el amuleto de la suerte que colgaba de su arco—. ¿Hacemos una carrera hasta la Cascada de Fuego?

—¡Claro que sí! —aceptó su amigo.

Los dos montaron en sus caballos y salieron a galope.

Al llegar a la cascada, decidieron subir al punto donde nacía la corriente de agua. Mérida se apoyó en un peñasco, pero este rodó y ella cayó en una cueva. Presa del pánico, su amigo saltó detrás de ella. Cuando se levantaron, no podían creer lo que veían sus ojos: dos enormes esmeraldas brillantes descansaban sobre una piedra.

—¡Este es el origen de las cataratas! —exclamó Mérida—. Seguro que traen buena suerte.

—¿Suerte? Todo el mundo sabe que la esmeralda es un símbolo de poder —exclamó Macintosh—. Voy a coger una y llevársela a mi padre. ¡Los Macintosh serán más poderosos que nunca!

El joven cogió una piedra, y Mérida, la otra.

Al regresar al castillo, la madre de Mérida les explicó que la esmeralda era un símbolo de poder, pero también representaba la suerte y, sobre todo, la lealtad.

—Dos reyes colocaron estas dos esmeraldas donde nace la cascada para simbolizar la amistad entre sus clanes. Mientras brillen, se mantendrá la paz —les dijo.

De repente, un miembro de los DunBroch vino corriendo y dijo:

—¡Las esmeraldas han desaparecido!

Todos salieron corriendo hacia la cascada y comprobaron con estupor que el agua era de color negro. Las piedras preciosas nunca deberían haberse movido...

Mérida y el joven Macintosh se dieron cuenta de que tenían que enmendar su error para mantener la paz entre sus clanes. Sin decir una palabra a nadie, los dos amigos recogieron las piedras y galoparon hacia la cascada. Mientras subían para llegar al nacimiento de la misma, ¡Macintosh resbaló! Mérida lo alcanzó a duras penas, pero una de las esmeraldas cayó de su bolsa y desapareció en el agua.

—¿Qué vamos a hacer? —se lamentó—. Las piedras deben estar juntas, se necesitan mutuamente.

De repente, Mérida se dio cuenta de algo.

—Cada uno de los reyes de los que hablaba la leyenda depositó un objeto —dijo—. Tenemos que hacer lo mismo.

A continuación, sacó el amuleto de la suerte de su arco y lo puso suavemente junto a la esmeralda. Macintosh, a su vez, se desprendió de su escudo de armas e hizo lo mismo.

De pronto, ¡un halo de luz verde iluminó el interior de la cueva! Poco a poco, el agua negra recuperó su color azul cristalino.

¡Había funcionado!

Mérida y el joven Macintosh se dirigieron al castillo para avisar a sus clanes. Los Macintosh estaban ocupados en el embarcadero, preparándose para partir. Mérida no perdió un segundo y saltó del caballo.

—¡La Cascada de Fuego vuelve a brillar! La paz del reino está de nuevo a salvo, ya no tenéis ninguna razón para iros —exclamó sin aliento.

—¡Qué gran noticia! —dijo lord Macintosh, volviéndose hacia el rey Fergus.

Mérida y su amigo intercambiaron una sonrisa. Juntos, habían preservado la paz.

Disney · PIXAR

DEL REVÉS (INSIDE OUT)

Un temperamento colérico

Un sábado por la mañana, Riley bajó a la cocina.

—Buenos días, cariño —le dijo su madre—. Hoy, la señora Das vendrá a ayudarme a hacer las labores del jardín. Le he dicho que podías cuidar de Devan mientras trabajábamos.

—Pero ya le había dicho a Jada que iría a jugar a su casa. ¡Hasta he hecho magdalenas! —se quejó Riley.

—¿No puedes quedar con ella más tarde? —insistió su madre—. Necesito realmente tu ayuda.

—Vale, de acuerdo, ya iré más tarde —terminó por aceptar Riley.

Sonó el timbre de la entrada y la madre de Riley abrió la puerta.

—Muchas gracias por venir, Kyra —le dijo a su amiga.

—De nada, solo faltaría. Además, Devan está deseando jugar con Riley. ¿Verdad, Devan?

El niño no contestó. No parecía estar muy contento.

A medida que transcurría el rato, Riley empezó a perder la paciencia. Después de saltar en el sofá y negarse a jugar a un juego de mesa, Devan se fue a la cocina.

—¿Puedo comer una magdalena? —preguntó el niño al ver el plato lleno de pastelitos.

—Lo siento, las he hecho para una amiga —respondió Riley.

Devan fingió no escucharla y alargó una mano hacia el plato.

—Te he dicho que no. Es un regalo —insistió ella.

La barbilla de Devan empezó a temblar. Luego, con cara de enfado, se puso a patalear y a gritar.

En la sede central, Ira estaba muy enfadada y quería tomar el control. Aunque era difícil, las otras emociones mantenían a Riley calmada. La niña se dibujó unas caritas en la punta de los dedos e hizo sentar al pequeño a la mesa.

—Voy a contarte una historia —le dijo—. Érase una vez una niña muy enfadada que se llamaba Riley. Intentaba aprender a patinar, pero no lo conseguía. Se caía una y otra vez, y esto la ponía furiosa. Gritaba y lloraba, pero era inútil.

—¿Y qué fue lo que la ayudó? —preguntó Devan, sorbiéndose los mocos.

—¿Qué fue lo que te ayudó? —le preguntó Miedo
a Ira en el cuartel general.
—Bueno, yo me calmo cuando Riley piensa en algo divertido
y positivo —admitió, frunciendo el ceño.
—Y las llamas que te salen de la cabeza suelen apagarse
cuando Riley respira hondo —añadió Asco.
—Y aceptas compartir la mesa de control conmigo cuando ella se aísla
para pensar o cuando habla de lo que siente —intervino Tristeza.

—¡Cuéntame otro cuento! —le pidió el niño a Riley, de mucho mejor humor.

—¿Y tú? ¿No quieres contarme alguna historia? —le propuso ella—. También podríamos hacer unas marionetas.

—¡Genial! —exclamó Devan.

Juntos se contaron muchas historias e incluso montaron un espectáculo para sus madres.

—Hemos evitado una catástrofe —dijo Miedo con un suspiro de alivio.

—Marionetas... Esta Riley es realmente un genio —dijo Ira, agarrando el periódico.

Disney · PIXAR

RATATOUILLE

Un dúo delicioso

Lingüini entró en la cocina de su restaurante a primera hora de la mañana y se encontró a su amigo Remy preparando un delicioso desayuno.

—¡Esto huele de maravilla! —dijo entusiasmado—. Por cierto, hoy es el cumpleaños de Colette y me gustaría prepararle una cena excepcional. ¿Qué te parece, Remy?

Con la punta de la nariz, su amigo señaló el libro de cocina de Auguste Cousteau.

Lingüini hojeó las páginas del libro y finalmente encontró una receta que le pareció factible: *Linguine allo scoglio*, es decir, tallarines con marisco.

—¿Qué te parece mi elección? —le preguntó a Remy.

Su amigo hizo un gesto de aprobación y empezó a buscar los ingredientes mientras Lingüini hacía una lista de todo lo que necesitaban. También tenía previsto comprar un ramo de flores para regalar a Colette.

Lingüini fue al supermercado y luego a la pescadería, donde dudó entre mejillones, vieiras y gambas. No sabía por dónde empezar y terminó por elegir una langosta viva. «¡No podría estar más fresca!», se dijo. Después, fue a la floristería a comprar un ramo de flores y volvió a subirse alegremente a su bicicleta.

De vuelta al restaurante, Lingüini se puso el delantal
y empezó a cocinar. ¡Quería hacer esta receta él solito!
Se aplicó lo mejor que pudo, pero, cinco minutos después,
el pan se estaba quemando, la langosta aún no había
empezado a hervir, se dio cuenta de que se había equivocado
de pasta... Y, justo cuando fue consciente del desastre,
¡la salsa de tomate «explotó» y salpicó toda la cocina!

Acudiendo al rescate, Remy saltó sobre la encimera y buscó una nueva receta para preparar con los ingredientes restantes. Tras devolver la langosta a su recipiente para usarla más tarde, saltó sobre la cabeza de Lingüini y, juntos, los dos amigos se pusieron manos a la obra.

¡Y llegó la hora de cenar! En cuanto terminaron de cocinar, llegó Colette. Lingüini la llevó a la mesa, que había puesto Remy y donde lucían unas hermosas flores.

—Aquí tienes unos *linguine*, de Lingüini... y su pequeño chef —anunció el joven con orgullo.

—¡Increíble! ¡Qué olor más delicioso! ¡Son el plato y las flores preferidos de mi niñez! ¿Cómo lo has adivinado?

Remy y Lingüini se miraron con complicidad.

—He tenido un poco de ayuda —respondió Lingüini—. ¡Feliz cumpleaños, Colette!

Disney · PIXAR

Cars 3

Duelo contra Storm

La temporada de carreras estaba en pleno apogeo,
y Rayo iba cosechando una victoria tras otra.
Pero, un día, un principiante de la nueva generación lo superó.
Se llamaba Jackson Storm.
—Oye, Storm, ¿verdad? Gran carrera, ¡enhorabuena!
—le felicitó Rayo.
—Gracias, McQueen. Es un placer por fin ganarte
—respondió Storm con un tono arrogante.

Después de varias carreras, Storm seguía llegando siempre el primero.

—¡Otra victoria contra Rayo McQueen! No puede contigo —le dijo Chick Hicks, durante una entrevista.

—No, está claro que no, Chick —respondió Storm—. Rayo es un viejo zorro cuyos días de gloria han terminado. Es el piloto más viejo del circuito, debería pensar en dejarlo y retirarse.

Rayo, que observaba la escena, se entristeció.

La carrera Florida 500 estaba a punto de comenzar. Antes de la salida, los periodistas se abalanzaron sobre Storm.

—Se va a encontrar a Rayo McQueen de nuevo en la pista —dijo Chick—. ¿Cómo se siente? ¿Dispuesto a competir con él?

—Nunca me he sentido mejor —respondió Storm, arrogante como siempre—. McQueen es la menor de mis preocupaciones. Y ahora, si me disculpas, Chick, tienen que hacerme unas fotos.

La carrera había comenzado y Rayo iba ganando terreno poco a poco. Sin embargo, después de varias vueltas, un choque entre dos coches detuvo la prueba y los participantes tuvieron que abandonar la pista mientras limpiaban el circuito. Rayo se dirigió a boxes.

—Llamad a Cruz Ramírez. Quiero que termine la carrera en mi lugar —dijo a su equipo.

Cruz llegó a toda pastilla.

—Es inaudito —exclamó la comentarista Natalie Certain.

Cruz salió a la pista. Al ver que ella lo alcanzaba, Storm frenó e intentó lanzarla contra la pared, pero ella no dejó que la atrapase. Cruz aplastó sus neumáticos contra el muro y, con un magnífico salto, se elevó por encima de su rival y cruzó la meta en primer lugar.

¡Había ganado la carrera!

¡El público enloqueció! Mientras los ganadores celebraban su victoria ante los flashes de los fotógrafos, Storm cavilaba:

—Me he dejado ganar por una principiante...

Un periodista preguntó a Cruz:

—Parece que ha salido de la nada para derrotar a Storm. ¿Cómo lo ha hecho?

—¡He aprendido de los mejores! —respondió haciendo un guiño a Rayo.

Disney·PIXAR

MONSTRUOS, S.A.

Las vacaciones de Boo

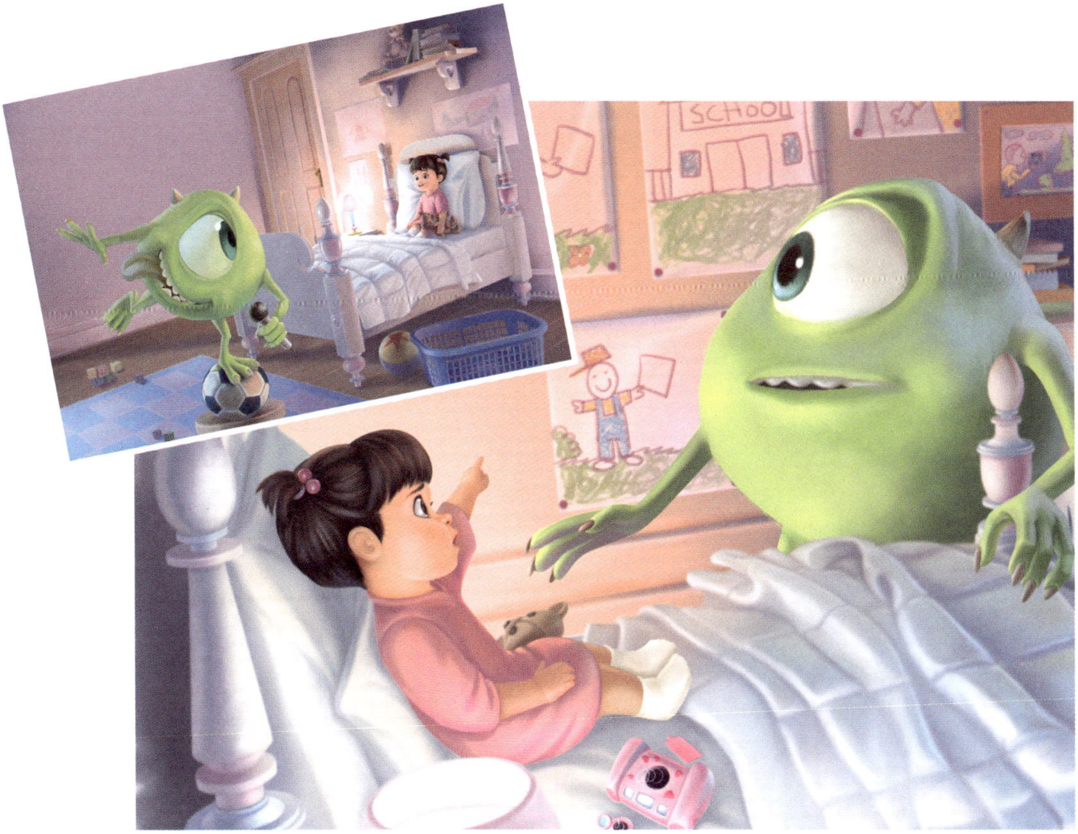

Una noche, Mike fue a visitar a su amiga Boo.

A pesar de sus bromas, la niña estaba callada y parecía triste.

—¿Qué te pasa, Boo?

Ella le mostró sus dibujos en la pared. Uno representaba su escuela, y otro, a dos niños que sostenían una foto.

—Mañana, escuela y sin fotos —dijo Boo.

—Ya entiendo. Quieres mostrar algunos recuerdos de tus vacaciones a tus compañeros de clase. ¡Ven conmigo! Te llevaré a Monstruos, S. A. y haremos muchas fotos.

Mike y Boo llegaron a la fábrica de risas.
Mike rebuscó en el armario de suministros
y encontró una vieja cámara.
—Debería seguir funcionando —le dijo—. Vamos a probar.
Los dos amigos se dispusieron a recorrer
los pasillos del enorme edificio.

Cuando se trataba de hacer bromas, ¡todo el mundo estaba contento de volver a ver a Boo! Los monstruos estaban encantados de mostrarle los nuevos trucos que utilizaban para hacer reír a los niños. ¡Boo hizo muchísimas fotos!

Solo quedaban unas horas para que empezase el nuevo curso escolar. Boo no podía entretenerse demasiado. Ella y Mike fueron a buscar a Sulley, que estuvo muy contento de ver a la niña. Los tres amigos recorrieron la fábrica y toda Monstruópolis hasta altas horas de la madrugada. Habían creado un montón de hermosos y buenos recuerdos.

Al final de su visita, Mike y Boo tenían cientos de fotos.

—Veamos cuáles puedes llevar a la escuela —dijo Mike.

—¿A la escuela? ¿Cómo que a la escuela? —dijo una voz grave.

Sulley puso mala cara y añadió:

—Sabes muy bien que eso está prohibido. El mundo de los monstruos debe seguir siendo secreto.

—Por favor, gatito —suplicó Boo, con lágrimas en los ojos.

Sulley no se pudo resistir.

—Está bien, de acuerdo. Pero solo podrás mostrar una foto. Y seré yo quien la elija.

Al día siguiente, en la escuela, Boo contó a sus amigos
su increíble aventura en Monstruópolis. Pero nadie la creyó.
Cuando la niña les mostró su foto ligeramente borrosa
de los pies de Sulley, su maestra exclamó:

—¡Parece el Yeti!

Y, con una sonrisa en los labios, Boo respondió:

—¡Yeti no! ¡Gatito!

Disney · PIXAR

WALL·E

Un regalo para Wall•E

Escondidos tras un montón de basura, Wall•E y EVA observaban el extraño comportamiento de los humanos.

«¿Qué estarán haciendo?», pensaban.

Dos hombres colgaban unas lucecitas de colores a lo largo de una verja de hierro. Otro instalaba una estatua de un hombre rollizo con barba blanca, vestido con un traje rojo y botas negras.

Y lo que era aún más extraño: ¡el capitán de la nave espacial *Axiom* estaba cantando a pleno pulmón!

Wall•E había descubierto por qué el comportamiento humano le resultaba tan diferente: ¡ellos parecían felices! Así que se dijo a sí mismo que, si lo que estaban haciendo era lo que hacía felices a los humanos, ¿por qué no deberían hacer lo mismo los robots?

Él y sus amigos estudiaron a los humanos durante horas y almacenaron la información en su base de datos. Entonces, se pusieron manos a la obra. Algunos robots se encargaron de recoger la basura que dejaban los humanos: trozos de guirnaldas, acebo o confeti.

Mientras EVA buscaba adornos, oyó una conversación entre humanos.

—¡Me encanta la Navidad! Las luces, las decoraciones, las galletas, los regalos. ¡Es la mejor época del año! —dijo uno de ellos.

¡Navidad! ¡Qué palabra tan bonita! —exclamó EVA—. Entonces, ¿era eso?

—Sí —respondió el capitán—. Pero no olvides que la Navidad no consiste solo en recibir regalos. Se trata sobre todo de dar. Dar amor a tus amigos y familiares.

Las palabras del capitán resonaron en los circuitos de EVA. No tenía familia, pero sí amigos. Especialmente uno: Wall•E. Él fue quien la rescató en la *Axiom*, quien le dio sus piezas de repuesto y cuidó de ella. EVA tenía que demostrarle cuánto lo apreciaba. Pero ¿qué regalo podría estar a la altura de su amigo robot?

Dos días después, en Nochebuena, los robots celebraban la Navidad, como los humanos. Por la noche, EVA llevó a Wall•E a un rincón aparte. Le entregó un paquete envuelto en un bonito papel de regalo con estrellas.

El robot se mostró sorprendido.

—¿Esto es para mí?

Ella asintió con la cabeza. Tras admirar el papel dorado, finalmente abrió el paquete y descubrió un arbolito.

Wall•E y EVA plantaron el árbol en el suelo y le colocaron una estrella plateada en lo alto. Su brillo era muy intenso, ya que reflejaba la luz de las estrellas del cielo.

Wall-E cogió a su amiga de la mano con ternura.

—EVA —dijo.

Era el más feliz de los robots. ¡Por fin había comprendido por qué a los humanos les gustaba tanto la Navidad!

Disney · PIXAR

COCO

La banda de música de la familia Rivera

En Santa Cecilia, Miguel y sus primos, Rosa y Abel,
estaban terminando su jornada de trabajo en la zapatería familiar.
¡Faltaban pocas horas para el Día de Muertos!
En la plaza del pueblo, se organizó un concurso de talentos y
Miguel solo tenía una idea en mente: reunir a toda su familia
para formar una banda y tocar una canción.
—Los Rivera llevamos la música en la sangre, ¡y ahora
vamos a demostrarlo! —dijo el muchacho.

Mientras tanto, los Rivera del mundo de los antepasados tuvieron la misma idea.

—¿Y si nos unimos al mundo de los vivos para tocar junto a nuestra familia? —sugirió Mamá Imelda—. Podríamos cantar una canción de nuestro querido Héctor.

La noticia fue recibida con alegría.

—Y aunque no nos oigan —dijo Tío Felipe—, estaremos todos juntos, ¡y eso es lo más importante! —concluyó Tío Óscar.

Los tres primos, entusiasmados ante la perspectiva de tocar el Día de Muertos y orgullosos de hacer honor a su apellido, comenzaron los ensayos. Miguel tocó unos acordes en su guitarra. Llevados por el ritmo, Rosa y Abel se fueron turnando. Rápidamente encontraron su estilo. No todo les salió a la perfección, ¡pero se lo estaban pasando como nunca!

Mientras tanto, los Rivera del mundo de los antepasados ya estaban preparados.
Papá Julio incluso había creado un logotipo para la banda, que dibujó en su tambor. La emoción era máxima.
La hora de empezar el espectáculo había llegado.
—¡Vamos allá! —dijo alegremente Mamá Imelda.

Cuando los Rivera del mundo de los antepasados llegaron
a la fiesta, los otros Rivera ya estaban en el escenario.
—Mirad el cartel —exclamó Héctor—. Se llaman
«La banda de la familia Rivera».
—Y nosotros también formamos parte de ella —añadió Papá Julio.
Sin perder un segundo, corrieron a unirse a ellos.
Mientras los vivos y los muertos tocaban juntos,
el amor y la alegría vibraban
en el corazón de todos.

¡Qué divertido era hacer música en familia!

—Ha sido una idea genial —le susurró Héctor a Imelda, que estaba radiante.

Había sido incluso mejor de lo que ella había imaginado. De hecho, había sido el Día de Muertos más bonito que los Rivera habían vivido.

Disney · PIXAR

BRAVE

Una amistad triunfadora

Una hermosa mañana de verano, Mérida salió de la cama de un salto y corrió hacia la ventana. Ese día se celebraban los Juegos de DunBroch, ¡un festival lleno de diversión y camaradería! Los clanes iban llegando desde los cuatro puntos cardinales del reino. Mérida estaba muy emocionada, pero primero tenía que ir a los establos a hacer sus tareas.

Allí se encontró con sus padres, el rey Fergus y la reina Elinor, que hablaban amigablemente con un joven.

—Mérida, este es Kendrew, el hijo de un amigo muy querido de un clan vecino —le dijo su madre—. He pensado que podríais ir juntos al festival.

¡Mérida estaba encantada! Por fin tenía a alguien de su edad con quien jugar. Entonces, oyó vítores que procedían del exterior.

—¡Vamos, Kendrew! ¡Que empiezan los juegos!

Mérida llevó a su nuevo amigo al campo de tiro con arco.
Estaba segura de que disfrutaría lanzando unas cuantas flechas.
La joven empezó primero y no falló ningún tiro.
—Ahora te toca a ti —le dijo a Kendrew, entregándole el arco.
Pero el chico apenas sabía qué hacer con él. Lo intentó unas cuantas
veces, sin éxito, y no parecía estar disfrutando demasiado.
—¡Hagamos otra cosa! —propuso Mérida.

Los dos jóvenes deambularon por las diversas carpas del festival, pero no vieron nada que les gustase a los dos.

Les costaba ponerse de acuerdo a la hora de elegir una actividad. En un momento dado, se detuvieron delante de un cartel en el que ponía «Concurso de disfraces de animales». Kendrew suspiró.

—Siempre he soñado con participar en este concurso —afirmó—. Me encanta coser, pero no tengo ninguna mascota.

¡Entonces, Mérida tuvo una idea genial! Desapareció de repente y regresó unos minutos después con Angus, su querido caballo.

Juntos, Mérida y Kendrew se pusieron manos a la obra. Mientras ella conseguía telas y accesorios, él empezó a coser. Cuando llegó el momento de ponerle el disfraz, ella tranquilizó a Angus susurrándole palabras cariñosas al oído. El caballo, paciente, se dejaba hacer, y ellos se estaban divirtiendo de lo lindo. Faltaba poco para el inicio del concurso y los dos jóvenes participantes estaban listos.

Habían creado el disfraz más increíble jamás visto o llevado por nadie, fuese humano o animal. Subieron al escenario entre los estruendosos aplausos del público y recogieron el primer premio.

—Tenías razón, querido —le dijo la reina Elinor a su marido, viendo a su hija y a su nuevo amigo alejarse a lomos de Angus—. ¡Este encuentro ha sido un verdadero éxito!

Disney · PIXAR

TOY STORY 4

La agente Risitas McRisas investiga

Woody, Bo Peep y sus amigos pasaban la tarde en el parque infantil.

Ducky y Bunny se divertían como nunca en el columpio.

Pero Bo Peep y la agente Risitas McRisas se dieron cuenta de que uno de los niños tenía una tortilla de maíz con cara triste sobre el regazo.

—En cuanto la zona esté despejada, indagaremos sobre esto —dijo Bo Peep.

—Afirmativo —respondió Risitas McRisas.

En cuanto los niños salieron del parque, los juguetes ocuparon la zona de arena. Ducky y Bunny saltaban de alegría.

—¡Yupi! ¡Ese columpio era fantástico! —exclamó Ducky.

—Horrible —refunfuñó Taco.

—Querrás decir tremendo, ¿no? —dijo Bunny.

—Horrible —repitió Taco.

Los juguetes se reunieron en torno a él, preocupados.

—¿Ocurre algo? —preguntó Bunny.

Risitas McRisas se acercó a él y se presentó:

—La agente Risitas McRisas, a sus órdenes. ¿Qué le pasa, señor?

—No lo sé —respondió Taco—. Jugar con niños... me aburre.

Todos los juguetes lanzaron un grito de sorpresa.

—Bueno, creo que puedo ayudarle —dijo Risitas McRisas.

La agente se metió en su caja y se sentó en su despacho.

—Necesito un poco de información. ¿Recuerda haberse divertido alguna vez en el parque infantil? —le preguntó.

—Recuerdo un hermoso día de verano en el que el sol brillaba con gran intensidad—empezó a explicar Taco—. Una niña me agarró, me metió en su boca y me masticó antes de tirarme al suelo. Fue fabuloso.

—¡Ya veo! La cosa es muy sencilla —dijo convencida la agente Risitas McRisas—. Estamos ante un caso de falsa identidad. No eres un juguete para niños, ¡sino para perros! Le buscaremos un nuevo dueño.

Juntos, los amigos se acercaron al parque para perros
que se encontraba al otro lado de la verja. Risitas McRisas
quería hallar el mejor dueño para Taco.
De repente, se fijó en un perro joven que movía la cola.
¡Era perfecto! Solo quedaba llevar a Taco al parque canino.
La agente volvió corriendo con sus amigos.
Bo Peep se preparó, esperando recibir órdenes.
—¡Ahora! —gritó Risitas McRisas.

Bo Peep agarró a Taco, retrocedió unos pasos, lo soltó y, de una patada, lo impulsó al otro lado de la verja. El perro vio inmediatamente el juguete, saltó en el aire y lo cogió. ¡Taco había encontrado a su dueño!

—Otro caso resuelto —dijo Risitas McRisas.

—¡Y otro juguete feliz! —añadió Bo Peep.

Disney · PIXAR

BUSCANDO A DORY

¿Quién quiere un abrazo?

Una tarde soleada en algún lugar del océano, Dory, Nemo y sus amigos jugaban al escondite. De repente, al mirar hacia arriba, Dory vio una bola de pelo en la superficie del agua.

Seguida por sus compañeros de juego, se acercó lentamente.

—Una cría de nutria —exclamó.

—¡Es tan mona! —dijo el pez loro—. Dan ganas de abrazarlo.

—¡Creo que hemos encontrado un nuevo participante para nuestro juego del escondite! —dijo entusiasmado Nemo—. Dory, te toca contar a ti. ¡Rápido, escondámonos!

Todos corrieron a esconderse mientras Dory empezaba a contar.
La cría de nutria se retorció y se zambulló en el agua.
Estaba impaciente por encontrar un escondite.
—Diez, nueve, ocho... tres, dos, uno... ¡Cuidado, que voy! —advirtió Dory.
Enseguida salió en busca de los jugadores escondidos, y rápidamente
encontró a sus amigos, pero ni rastro de la cría de nutria.

Los peces la buscaron por todas partes,
¡pero no encontraron ni rastro!
—¡Se ha perdido! ¡Se ha perdido! —exclamó asustada Dory.
—Tú puedes encontrarla —la animó Nemo—. Aquella vez que me perdí, fuiste tú quien ayudó a mi padre a encontrarme. Nunca te rendiste.
—Cuenta conmigo —dijo ella. Y salió en busca de la pequeña nutria, seguida de cerca por sus amigos.

Los cuatro pececillos buscaron detrás de todas las rocas... pero fue en vano. Pero ¿qué era lo que veían a lo lejos?

Eran Destiny, Hank y Bailey.

—¡Buenos días, amigos! —los saludó Dory—. Estamos buscando a una cría de nutria perdida. ¿La habéis visto?

—No, la verdad es que no —respondió el pulpo Hank.

—Pero os ayudaremos a buscarla —intervino la tiburón ballena Destiny.

¡Dory estaba encantada! Sabía que con su ayuda tendrían más posibilidades de hallar a la pequeña nutria.

Poco después, gracias al esfuerzo de todos, la pandilla encontró a la nutria. Estaba acostada sobre unas algas.

—Oh, la pobrecita debe haberse quedado dormida después de tanto esperar —se lamentó Dory. Luego le susurró al oído—: Tus padres deben estar muy preocupados. Te llevaremos de vuelta con ellos.

Dory pidió a Destiny que los ayudara a transportarla.

El tiburón ballena se deslizó con cuidado por debajo de la nutria y la sacó del agua.

A continuación, nadaron hacia la costa. Allí, en las rocas, cientos de nutrias tomaban el sol. El familiar sonido de sus voces despertó a la cría de nutria. La pequeña bostezó, se frotó los ojos y lanzó un grito de alegría. Dory vio dos nutrias que los saludaban.

—¡Deben de ser sus padres! —exclamó.

La cría saltó al agua y se lanzó a sus brazos. ¡Los había echado mucho de menos! Los tres estaban muy contentos y permanecieron abrazados una eternidad.

¡Era tan bonito estar juntos de nuevo!

Publicado en España por Editorial Planeta, S. A., 2024
Avda. Diagonal, 662-664, 08034 Barcelona (España)
www.planetadelibrosinfantilyjuvenil.com
www.planetadelibros.com
Primera edición: enero de 2024
ISBN: 978-84-19547-63-7
Depósito legal: B. 20.932-2023
Impreso en España

El papel utilizado para la impresión de este libro está calificado como papel ecológico y procede de bosques gestionados de manera sostenible.